兒童文學叢書

・藝術家系列・

無聲的吶喊

孟克的精神世界

戴天禾／著

三民書局

國家圖書館出版品預行編目資料

無聲的吶喊：孟克的精神世界／戴天禾著.－－二版一
刷.－－臺北市：三民，2008
　　　面；　　公分.－－(兒童文學叢書・藝術家系列)

　　ISBN 978－957－14－3430－8　　(精裝)

　　1.孟克(Munch, Edvard, 1863－1944)－傳記－通俗
作品

859.6

© 　無聲的吶喊
　　　　　——孟克的精神世界

著 作 人	戴天禾
發 行 人	劉振強
著作財產權人	三民書局股份有限公司
發 行 所	三民書局股份有限公司
	地址　臺北市復興北路386號
	電話　(02)25006600
	郵撥帳號　0009998-5
門 市 部	(復北店)臺北市復興北路386號
	(重南店)臺北市重慶南路一段61號
出版日期	初版一刷　2001年4月
	二版一刷　2008年5月
編　　　號	S 855751
定　　　價	新臺幣280元

行政院新聞局登記證局版臺業字第○二○○號

有著作權・不准侵害

ISBN　978-957-14-3430-8　　(精裝)

http://www.sanmin.com.tw　三民網路書店

※本書如有缺頁、破損或裝訂錯誤，請寄回本公司更換。

攜・手・同・行
（主編的話）

　　孩子的童年隨著時光飛逝，我相信許多家長與關心教育的有心人，都和我有一樣的認知：時光一去不復返，藝術欣賞與文學的閱讀嗜好是金錢買不到的資產。藝術陶冶了孩子的欣賞能力，文學則反映了時代與生活的內容，也拓展了視野。有如生活中的陽光和空氣，是滋潤成長的養分。

　　民國 83 年，三民書局董事長劉振強先生，有心於兒童心靈的開拓，並培養兒童對藝術與文學的欣賞，因此不惜成本，規劃出版一系列以孩子為主的讀物，我有幸擔負主編重任，得以先讀為快，並且隨著作者，深入藝術殿堂。第一套全由知名作家撰寫的藝術家系列，於民國 87 年出版後，不僅受到廣大讀者的喜愛，並且還得到行政院新聞局第四屆小太陽獎和文建會年度最佳少年兒童讀物獎。

　　繼第一套藝術家系列：達文西、米開蘭基羅、梵谷、莫內、羅丹、高更……等大師的故事之後，歷時 3 年，第二套藝術家系列，再次編輯成書，呈現給愛書的讀者。與第一套相似，作者全是一時之選，他們不僅熱愛藝術，更關心下一代的成長。以他們專業的知識、流暢的文筆，用充滿童心童趣的心情，細述十位藝術大師的故事，也剖析了他們創作的心路歷程。用深入淺出的筆，牽引著小讀者，輕輕鬆鬆的走入了藝術大師的內在世界。

　　在這一套書中，有大家已經熟悉的文壇才女喻麗清，以她婉約的筆，寫了「拉斐爾」、「米勒」，以及「狄嘉」的故事，每一本都有她用心的布局，使全書充滿令人愛不釋手的魅力；喜愛在石頭上作畫的陳永秀，寫了天真可愛的「盧梭」，使人不禁也感染到盧梭的真誠性格，更忍不住想去多欣賞他的畫作；用功

　　而勤奮的戴天禾，用感性的筆寫盡了「孟克」的一生，從孟克的童年娓娓道來，讓人好像聽到了孟克在名畫中「吶喊」的聲音，深刻難忘；主修藝術的嚴喆民，則用她專業的美術知識，帶領讀者進入「拉突爾」的世界，一窺「維梅爾」的祕密；學設計的莊惠瑾更把「康丁斯基」的抽象與音樂相連，有如伴隨著音符跳動，引領讀者走入了藝術家的生活裡。

　　第一次加入為孩子們寫書的大朋友孟昌明，從小就熱愛藝術，困窘的環境使他特別珍惜每一個學習與創作的機會，他筆下的「克利」栩栩如生，彷彿也傳遞著音樂的和鳴；張燕風利用在大陸居住的十年，主修藝術史並收集古董字畫與廣告海報，她所寫的「羅特列克」，像個小巨人一樣令人疼愛，對於心智寬廣而四肢不靈的人，這是一本不可錯過的好書。

　　讀了這十本包括了義、法、荷、德、俄與挪威等國藝術大師的故事後，也許不會使考試加分，但是可能觸動了你某一根心弦，發現了某一內在的潛能。當世界越來越多元化之後，唯有閱讀，我們才能聽到彼此心弦的振盪與旋律。

　　讓我們攜手同行，走入閱讀之旅。

簡　宛

　　本名簡初惠，國立臺灣師範大學畢業，曾任教仁愛國中，後留學美國，先後於康乃爾大學、伊利諾大學修讀文學與兒童文學課程。1976 年遷居北卡州，並於北卡州立大學完成教育碩士學位。

　　簡宛喜歡孩子，也喜歡旅行，雖然教育是專業，但寫作與閱讀卻是生活重心，手中的筆也不曾放下。除了散文與遊記外，也寫兒童文學，一共出版三十餘本書。曾獲中山文藝散文獎、洪建全兒童文學獎，以及海外華文著述獎。最大的心願是所有的孩子都能健康快樂的成長，並且能享受閱讀之樂。

作‧者‧的‧話

　　10 歲時，家裡的母貓生了一窩小貓，我幫牠們加水餵食、換墊理被，冷餓都忘了。小貓咪一天一天長大，騰跳抓扒、追逐撕咬，我也撩繩投球加入戰場，再也無心做功課。

　　母親千不該在我抱著牠們打呼嚕的時候，扳開我的手指，一隻一隻拿去送掉；我萬不該只剩最後一隻還懵懵懂懂，放學一進門，才知道大事不好！媽媽連忙解釋：「趁可愛的時候送，才有人要。」我推開房門直撲空床，「不管、不管，賠來、賠來！」聲嘶力竭，一直哭到爸爸回家。

　　家裡爸爸是「貓」。一聲「爸爸回來了！」「鼠輩們」乖乖排隊洗手吃飯。餐桌上，我正低頭無語、含飯哽噎，忽然聽見母貓喵喵叫小貓，馬上又熱淚盈眶。顧不得板子禮教，推開飯碗，衝回房間，繼續嚎啕大哭。

　　回想起來，這隻母貓以後常生小貓。每回送走，我都是如此「喧囂張狂」。後來點點滴滴在週記的一週大事欄記完「傷心史」，才能終止藕斷絲連的嗚咽。

　　不久前，邊寫孟克、邊看孟克的生平故事，遙想小貓，對他既佩服又同情。孟克 5 到 15 歲之間，最需要關懷呵護的日子裡，發生了一連串悲慘的事件：肺病先奪走了他媽媽，再奪走與他相依為命的姐姐，而醫術高明的爸爸因無力挽救她們的性命，過度傷心自責而神經錯亂；小孟克不但失去了媽媽、姐姐的愛，還要承受爸爸時時發作的「無理取鬧」。

　　成長後的孟克，仍然噩運連連，但是他已經得起考驗，用畫畫出他的「傷心史」，很快就掙脫擺布，掌握自己的命運，並獲得「表現主義之父」的榮銜。他

把一切榮耀歸於他的家庭、良友及師長，更用突如其來的財富獎勵後進。

20 世紀人類遭逢兩次世界大戰，人心充滿不安與茫然，孟克的作品正反映出這種對生命的焦慮與死亡的恐懼，所以在當時流傳越來越廣、越來越受到歡迎，是因為人們認為只有這樣的作品，才能代表他們的心聲；雖然現在人為的戰爭已經過去，但並不表示人類已經遠離悲苦，像我小時候的失貓之痛，就再也真實不過，至今仍縈繞在心頭。

看完這本書後，你會不會也想嘗試寫出、畫出自己的「傷心史」呢？

戴天禾

戴 天 禾

出生於四川省重慶市，8 歲時到臺灣。靜宜女子文理學院畢業後，赴美就讀匹茲堡大學，現定居美國加州。喜歡藝術，也喜歡文學。曾任圖書館編目及資訊員、中文學校老師；現任史丹福大學東亞圖書館館員。著有童書《金黃色的燃燒──梵谷的太陽花》。

孟 克

Edvard Munch
1863~1944

E.Munch

媽媽

　　我們家五個兄弟姐妹全都是媽媽的寶貝，無論我們喜歡什麼，她都會想盡辦法讓我們得到，而且從來不見她生氣。

　　我們長得快，吃的、用的、穿的花費都大，媽媽三天兩頭去外公開的雜貨店大包、小包抱東西回來「貼補家用」。爸爸看見連忙搓手說：「這怎麼好？這怎麼好？」媽媽說：「別光站著啊，阿爸送給孫子孫女的，快來幫忙拿。」爸爸窘紅了臉，媽媽還毫不知情。

　　一天，姐姐把我跟大弟招到房間，演練了一番，出來對媽媽說：「媽媽，外面下大雪，您不要出去了，我們表演短劇給您看。」媽媽坐定，姐姐學著媽媽向外公撒嬌的聲音，「阿爸，我們什麼都不缺，只缺幾匹紅絲絨。大家成天待在書房裡，我想把舊的布窗簾換掉，厚絲絨可以把風寒霜冷通通擋在外面。」

　　我趕緊學凱倫姨，「嗯——，還可以把春暖花香『通通』留在裡面。」我不但跟

母與女，1897 年，油彩、畫布，135 × 163cm，挪威奧斯陸國家畫廊藏。

凱倫姨一樣，加重「通通」，還回頭跟媽媽作鬼臉；媽媽已經笑倒在沙發上，姐姐不笑，繼續說:「爸爸—— 你看凱倫嘛！」

輪到大弟，「呵！呵！儘管拿，儘管拿。」聲音低沉沙啞，像極了外公。

大家正笑得不可開交，外公出現了，「呵！呵！什麼事這麼好笑？」說著指指大包裹，「還有更高興的，快來看看這絲絨布的顏色對不對？」媽媽抱著外公的臉左親右吻，「嘻，老爸最好了。」

媽媽連忙開始搬梯子、找曲尺，爬上爬下，左量右比。「我幫！我幫！」我們五個也來拉扯糾纏一擁而上。

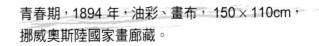

青春期，1894 年，油彩、畫布，150×110cm，挪威奧斯陸國家畫廊藏。

天雲變色

　　紅絨窗簾掛好的那天晚上，媽媽病倒了。

　　我躺在床上翻來覆去，眼睛瞪得比銅鈴還大。拉開窗簾，看見天上布滿一條一條的紅雲，我又驚恐又害怕，想去告訴媽媽。走到一半，聽到爸爸安慰媽媽，「肺病急不得！」我縮回腳，抖抖嗦嗦的裹進被窩裡，祈求爸爸趕快把媽媽治好。

　　媽媽心裡著急，愈急咳得愈兇，爸爸更急得團團轉，只好守在床邊整夜禱告。爸爸的祈求，不但沒讓媽媽好轉，自己的身體也受不了。

　　有一天半夜，爸爸搖搖晃晃的叫醒我跟姐姐：「愛德華、蘇菲，你們快起來跟我一起禱告！媽媽都病成這樣了，你們還睡得著？」媽媽想阻攔，卻咳得一點力氣都沒有。

　　不久，外公、凱倫姨趕到，媽媽才說完「照顧愛德華」，就閉上眼，永遠離開我們了。

　　看著邊罵我們邊禱告的爸爸，外公撐著歪歪斜斜的身子，搖著頭對凱倫姨說：「唉，看樣子，只有妳留下照顧這瀑布下的五棵小草苗了。」

死亡的母親與小孩，1897～1899 年，油彩、畫布，104.5×179.5cm，挪威奧斯陸市立孟克美術館藏。

春，1889 年，油彩、畫布，
169 × 263.5cm，挪威奧斯
陸國家畫廊藏。

長姐如母

凱倫姨比媽媽小，還沒有結婚，突然面對我們一家大小，方向還沒有摸熟，三個小的已經纏上身。小妹整夜哭鬧，瘦弱的大妹、大弟一直嚷：「姨抱！姨抱！」凱倫姨也想不到，爸爸失去媽媽後，不但沒有很快恢復，神經還時有錯亂。本來她只是暫留，結果卻一直沒能離開我們家。

我不敢再去煩凱倫姨，只好整天待在房裡。姐姐拉我到書房，「躲在這兒最安全了。很多書裡面都有圖畫，我不在的時候，你一本一本翻來看。安啦！爸爸不會來的。一放學，我就來陪你。」

「記不記得爸爸媽媽把你兜在布裡，一人拉住一頭盪秋千？」姐姐每天放學就跟我裹在紅絲絨窗簾裡講悄悄話。「不記得了，我喜不喜歡？」「很喜歡，而且愈高你笑得愈大聲。爸爸媽媽唱：『盪盪盪，盪盪盪，一盪盪到窗緣邊，再盪盪到草地上。』先在沙發椅背上頓一頓，再把你盪到沙發上。」

坐搖椅的凱倫姨，1883 年，油彩、畫布，47 × 41cm，挪威奧斯陸市立孟克美術館藏。

姐姐又問：「記不記得我們在媽媽的長裙子裡躲貓貓？」這我記得，我說：「媽媽把我藏在黑長裙裡面，騙妳說：『沒看到哦，去廚房找找看。』等妳走了，偷偷跟我說：『來，來，躲在櫃子裡，這兒姐姐已經找過了。』」姐姐說：「對呀，要不是爸爸歪鼻子弄眼，眨啊眨的暗示我，我一定永遠找不到你。」

姐姐跟我愈講愈高興，笑媽媽自己賴皮，還叫爸爸不准賴皮。我們講到後來，會覺得嘴巴裡鹹鹹的，肚子裡酸酸的，再也講不下去。不過，卻阻止不了心裡繼續想，「這屋裡暖烘烘的炭火呢？要是媽媽不做窗簾？要是我們不吵？媽媽是不是我們害的？」

凱倫姨看我經常生病，她說：「身體需要鍛鍊，別老待在屋裡胡思亂想，我帶你們去游泳。」姐姐知道我怕水，她跟凱倫姨說：「你們先去，我跟愛德華過幾天再去。」回頭對我說：「不游，不游，我們待會兒去湖邊玩紙船，好不好？要不然我們在臉盆裡比賽吹水泡，看誰吹得久？」

爸爸發覺我膽小、怕水，氣得大發脾氣，「這麼大的人還怕水？弟弟妹妹比你小都學會了！你還算不算是挪威人？你知

橋上的少女們，1901 年，油彩、畫布，136×125.5cm，挪威奧斯陸國家畫廊藏。

不知道我們出過多少航海家、探險家？」姐姐趕快過去扯扯爸爸的衣袖說：「爸爸，愛德華兩腿有力，水花打得好大，我保證他一定很快學會。爸爸，明天要不要來看我們游水？」說也奇怪，爸爸的脾氣消了，他雖然一直沒來，但不久我真的學會了。

　　漸漸的，我把姐姐當成媽媽

姐姐追隨媽媽

　　姐姐咳嗽了，但她安慰我：「只是受涼了，沒關係，以後不去游泳就好了。」她愈安慰我，我愈害怕，「該不是肺病吧？不會，不會，姐姐不像我經常生病。她身體這麼好……不知道要不要告訴爸爸？」姐姐看透我的心思，「千萬別告訴爸爸。」

病娃兒，1896 年，石版畫，挪威奧斯陸市立孟克美術館藏。

　　爸爸察覺了，診斷後對我說：「你留下陪姐姐，其他的人隔離！」姐姐愈咳愈兇，連被單、枕頭都染紅了，我難過得沒有勇氣去安慰她。

　　姐姐開始喃喃自語，我湊過去，聽見她說：「咳咳，唉喲！痛死我了，上帝！求求您，我還不想離開愛德華，咳咳咳！」

　　「姐姐在祈禱！」我眼淚奪眶而出，想擦掉又怕她看到，只得快步跑出去躲進書房，一把拉開窗簾，跪在地上開始祈禱：

　　「上帝啊，求您救救姐姐！別讓她這樣痛苦，您最仁慈了，我去年生肺病，前年得猩紅熱，大前年百日咳，您都讓我好了。現在請把對我的仁慈轉到姐姐身上，讓她趕快好起來吧！不然，讓我代替她，反正我這隨風一颺就要大病一場的身體也活不長！不好，不好，我走了，姐姐會受不了，同樣啊！我也不能沒有姐姐！」

　　「愛德華啊！」

　　「姐姐？姐姐！！」

病房中的死亡，1895 年，油彩、畫布，150 × 167.5cm，
挪威奧斯陸國家畫廊藏。

走出地獄門

　　姐姐走了。我白天晚上揮不去全是她生病時候的情景：藥罐、針筒；疼痛、強忍；痰盂、毛巾；焦黃、枯黑；腥紅、紫脹；呼叫、絕望。

　　從此，我認定上帝是撒旦的化身：「從我一出世，祂就用兩隻手抓緊搖籃狠狠搖晃，眼睛不停的盯著我，一不小心就擊倒我身邊的人。」這好比是走在橋上突然被抽掉腳下的板子，讓人摔到谷底，再也爬不起來。

　　我把牆上的基督像拿下來撕得粉碎，「我討厭你！我討厭你！」

　　女傭阿珠看到這樣的情景，立刻找來凱倫姨，凱倫姨抱緊我說：「哭吧，哭吧，盡情的哭吧！」我一把抱住凱倫姨，好像抓到了救生圈。

　　爸爸看我整天整夜的哭，不由分說，幫我在一所工程學校註好冊，連拖帶拉的把我送上車：「給我住校讀書去，少在家婆婆媽媽！」

地獄中的自畫像，1903 年，油彩、畫布，81.5×65.5cm，挪威奧斯陸市立孟克美術館藏。

　　刻板的工程學校裡沒有我有興趣的科目，我終日無精打采。反正我常生病，老師同學也懶得理我。

　　不久，凱倫姨來探望我。見我正用顏料蘸著淚水畫自畫像，她把畫仔細看完，摸著我益發消瘦的臉頰，「放心，我會勸你爸爸幫你轉到奧斯陸皇家美術工業學校去念書。趕緊振作起來，你感情豐沛，只要努力，一定能成為大畫家。」

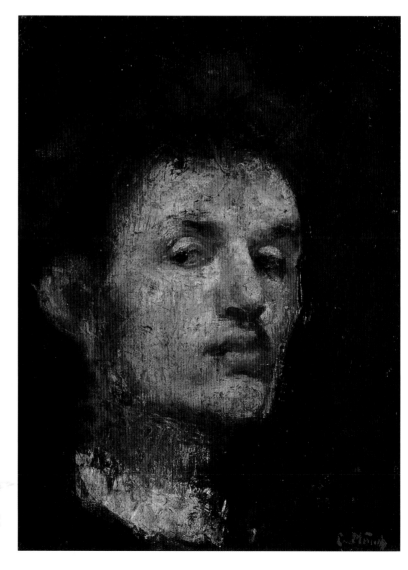

自畫像，1886 年，油彩、畫布，33×24.5cm，挪威奧斯陸國家畫廊藏。

師友拉一把

我在藝術學校專心學畫，總覺得進步緩慢。一年後，碰到耶格，他剛從法國遊學回來，辦了一份報紙，除了鼓吹自由開放，也談論藝術。慢慢讓我對人生方向更加明確，學畫的信心也更堅定。

耶格的觀點跟凱倫姨很像，不過言詞更鏗鏘有力，他說：「要依據個人的性向選擇文學、繪畫、音樂、雕塑，即使都是藝術，也各有各的基礎語言與遊戲規則，要想更上層樓，必須專心而為，畢竟個人時間精力有限。」

耶格進一步分析，「每個人身邊都有形形色色的人事物，而且時時刻刻會起變化，何者會讓我『喜』？『怒』到什麼程度？用什麼方式表達『哀』最直截了當？我的『樂』可有感染力？畫完以後觀眾能否與我分享他們的喜、怒、哀、樂？」

我心想：「我一生苦多樂少，其中有惶恐、悲傷、無助、孤寂，要是能畫出其中一、兩項，我就心滿意足了。」

生命之舞，1899～1900 年，油彩、畫
布，125.5 × 190.5cm，挪威奧斯陸國
家畫廊藏。

　　我苦於表達能力不夠時，正好有一位克羅格先生從巴黎留學回國，我立刻跟其他六位志同道合的人組織畫會，請他來指導。

　　克羅格老師第一天來面對大家，眼睛卻不時望著我說：「你們有再豐富的情感也請暫時收壓，打基礎最好用波平如鏡的理智慢慢磨個透徹，之後再融入感情。」下課後，克羅格老師果然找我去談話，「說說看怎麼眼睛又紅又腫？」我措手不及，一時也不想告訴他「大弟肺病，小妹精神病住院，只要談到他們倆，一定會勾起一連串回憶」。克羅格老師看我表情痛苦，便不再追問。

　　感謝克羅格老師亦師亦友的指引與教導，使我在技巧上日趨純熟，壓抑的心情也得以疏解。

吶喊，1895 年，石版畫，35 × 25.2cm，挪威奧斯陸市立孟克美術館藏。

病娃兒

我對克羅格老師說出身世的第二天，老師帶來一個「病娃兒」做模特兒。克羅格老師畫病娃兒的心態跟我不一樣，他的家人身體健康，生活美滿，自然畫了一幅跟眼前一模一樣的寫生畫。

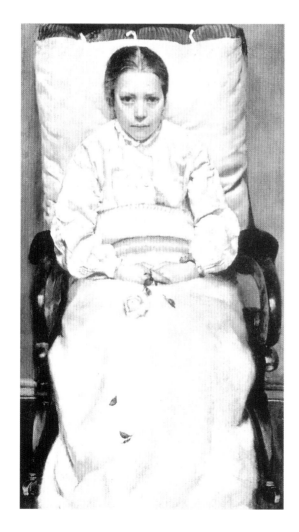

克羅格，病娃兒，1880/1881 年，油彩、畫布，102×58cm，挪威奧斯陸國家畫廊藏。

而我除了要畫出病娃兒枯黃的頭髮、空洞的眼神、消瘦的臉頰、飄忽的形體、游絲的氣息，還要畫出她此刻的心情。因為奄奄一息的病人，此刻會流露出強烈的求生意志，我把她的頭歪向明亮的窗外，其次還要用陪襯手法來強調「病娃兒」。孩子病了，母親最痛苦，因此我將母親的形象由抬頭畫到低頭，頭愈垂愈低，表示心都碎了。黑衣裳、黑簾子，讓對比更強烈、心情更沉重。我覺得構圖不錯，技法也好，但不知為什麼，總是缺少那份垂死的暮氣。

我畫完刮去，再改、再刮；多少次都畫不成功，我失望得把畫扔到院子裡，任憑風吹雨打日晒，一直沒有勇氣再碰它。日子一久，顏料支離斑駁，有些地方還露出下層或更下層未刮乾淨的畫面，我偶然瞥見，心想：「一定是上天垂憐我，這不正是那種剝蝕消沉的質感嗎？」我拿進來匆匆加了幾筆，送去給克羅格老師看，他說：「太好了，與眾不同！你已經青出於藍，可以自成一家了。當初痛苦的經驗，今後會成為你豐富的資產與靈感的泉源！」

病娃兒，1885～1886 年，油彩、畫布，119.5×118.5cm，挪威奧斯陸國家畫廊藏。

病娃兒，1921～1922 年，油彩、畫布，117 × 116cm，挪威奧斯陸市立孟克美術館藏。

隨心所欲

　　克羅格老師和我的〈病娃兒〉同時在展覽會場展出，大家都對克羅格老師的畫讚美有加，而批評我的畫為未畫完的「垃圾」。大會評審不得不順應「民意」把它取下來，我在他們「扔出窗外」以前，抱著它悄悄回家了。

　　回家的路上，我信心十足的想：「走在時代前面的人，從不被當時的人所喜愛。」臉上露出少有的微笑。

　　我的第一個模特兒是阿珠。阿珠九歲時，她爸爸生病，爸爸看他家裡孩子多，負擔重，免費為他醫治，病癒後，又失去工作，她爸爸便請求「孟克醫生」好人做到底，收留阿珠。媽媽讓阿珠做掃地、擦桌子、疊被鋪床之類的工作。從我懂事以來，就看她溫溫和和、不言不語的做事，給她食物，她總是留起來帶回去與家人分享。

　　找她當模特兒，真找對人了。我讓她支頭，她支頭；讓她蹺腳，她蹺腳；讓她

站，她會一動也不動的站上半天。她還很善解人意，我說：「明天再畫吧。」她會知道我要的這亮而不耀眼的光線沒有了；要是一連幾天天陰，她會繼續做分內的工作；光線對了，她就會準時出現在我面前。我畫出她樸實純潔、樂觀健康，對未來充滿希望，永遠認為明天會更好的模樣！

早晨，1884 年，油彩、畫布，96.5×103.5cm，挪威卑爾根勞姆斯·埃梅收藏館藏。

　　畫大妹，就完全不一樣了。我想了很久，最後安排她坐在海邊長滿苔蘚的岩石上，再畫上我們這一家人的招牌表情：「眉頭深鎖、雙唇緊閉」，來比擬她心情的沉重和思想的蒼老！大妹的年齡比阿珠小十歲，但看起來卻比她還要大十歲。

海邊的英格爾，1889 年，油彩、畫布，126.4 × 161.7cm，挪威卑爾根勞姆斯‧埃梅收藏館藏。

　　我正在家裡埋首顏料、紙板、畫布之中，忽然聽說耶格在報上說：「愛德華・孟克的〈病娃兒〉是這次畫展中唯一能打動人心的作品。」

　　我找他畫像，很自然的畫出他咄咄逼人的眼神，一扣到頂像盔甲、盾牌般的外衣，半斜的姿態及玩世不恭的神情。他拍掌大笑，「不是笑我要與萬人為敵吧？哈哈！」不久的個展中，我把耶格這幅巨像掛在會場的正中央，多少也代表我當時的心情。

　　政府受到耶格的影響，頒發巨額獎學金給我，讓我安心在法國留學三年。

漢斯・耶格，1889 年，油彩、畫布，109.5 ×
84cm，挪威奧斯陸國家畫廊藏。

「小黑豬」俱樂部

　　三年來，我往返挪威與法國之間，每次路過德國都會住上三、四個月。一來我喜歡他們勤勞樸實、天真直爽的性格，二來我第一次經過，就加入了一個由當地的詩人、小說家、畫家、音樂家組成的俱樂部。大家在一起探討人生，談得投機，爭相發表意見，三天三夜也說不完，我們互相影響、彼此啟發，好像自家兄弟一般。

吸血鬼，1895～1902年，石版畫，38.2×54.5cm，挪威奧斯陸市立孟克美術館藏。

　　每次回挪威，我都會廣為介紹，反應十分熱烈，因此會員擴展到波蘭、俄國、芬蘭、丹麥等國家。不過樹大招風，我們受到保守人士的嫉妒，罵我們是一群沒有道德觀念的「小黑豬」。大家聽了都不以為然，還哈哈大笑說：「小黑豬就小黑豬，我們乾脆改名為『小黑豬俱樂部』好了。」

　　有一次回挪威，發覺離畫室不遠處有一個女孩子，每天清晨站在海灣附近的山坡上提氣練聲。先是好奇繞到後山偷看，後來，每天清晨我的腳就不由自主的走向後山，一直到她離開為止。

海濱的少女，1896 年，銅版畫，28.8 × 21.9cm，挪威奧斯陸市立孟克美術館藏。

聲音，1893 年，油彩、畫布，87.5×108cm，美國波士頓美術館藏。

　　我無心作畫，渴望聽她唱歌，和她說話。後來打聽到她是附近大學音樂系的學生，追求的男士極多，我氣餒了。

　　接連好幾天，我鼓起勇氣想去林子裡看她，但是渾身上下提不起勁，只有躺在床上自我解嘲。突然，聽到有人敲門，心想：「這麼早誰敲門？」開了門，居然是她！

聖女，1894～1895 年，油彩、畫布，91×70.5cm，挪威奧斯陸國家畫廊藏。

岸邊之舞，1900～1902年，油彩、畫布，99 × 96cm，捷克布拉格國家畫廊藏。

還未開口，先是她一連串銀鈴般的笑聲，「這幾天未見你來，是不是病了？嘻嘻，你瘦了。我叫黛格妮，就叫我小黛吧！怎麼？嘻嘻，不請我進來？我走嘍！」

一連幾天，我們攜手在林中散步，她笑聲不斷，好像我身上繫了一串鈴鐺。

不久，我又要出國，心裡正捨不得，她說：「嘻嘻，我也要變成『小黑豬』！」

我為她的美麗、開朗、大方而神魂顛倒。一路上，我為她敘述俱樂部的兄弟，尤其是好友史俊·伯格：「他是瑞典人，聰明極了，可以左手寫劇本、右手寫小說。可惜，結婚三次，老婆一個比一個兇！」

　　黛格妮一出現在俱樂部，還沒來得及介紹史俊・伯格，兄弟們都擁過來，問長問短，爭相自我介紹。一轉眼，小黛就跟一位音樂家出去了。

　　往後，我失去小黛的蹤影。不久，她嫁給了「第八位」追求者；忽然又傳來消息，這位波蘭籍新婚夫婿，見小黛結了婚還不安分，藉口「受不了她的笑聲」，把她槍殺了。

　　短短幾個星期，我嘗到辛、酸、鹹、苦、甜，這五味雜陳中有期盼、有焦慮、有歡樂、有嫉妒、有憤怒、有失望、有悲哀，史俊・伯格怕我受不了，一直在我身旁逗我開心，「以後碰到淑女千萬要眼睛睜圓，閉口無言，瞧完就走，不要留戀！還記得你笑我怕太太，我們難兄難弟不必氣餒，一來又有新題材，二來你我既無女人緣，友情必定堅固，來，乾杯，友情萬歲！」

　　過了很多年，我還不能完全忘記這件事。這時候，我認識的一位貴族女子宣稱非嫁我不可，我卻遲遲不敢答覆。她派人帶信，說已經為我殉情。我趕到時正覺傷感，她突然跳起來一把摟住我。

　　從此我望女卻步，決定終身不娶。

默朗格理（嫉妒），1894/1895 年，油彩、畫布，
81 × 100.5cm，挪威卑爾根勞姆斯·埃梅收藏館
藏。

爸　爸

　　第二次到巴黎不久，接獲大妹電報，「父病危。速回。」我趕到時，爸爸已經安葬。我站在墓前，淚水雪水交流，乍暖還寒，透露出我此時的心情。往事一幕一幕呈現在眼前：

　　「媽媽答應嫁給您時才二十出頭，您四十多歲，立刻辭掉軍醫職務，在地方上為人治病。自古老夫疼少妻，我們家和樂甜蜜。誰會料到不幸的事接二連三？

　　「您對我期望很高，但我從不知體諒您。除了怪您冷峻、罵您嚴苛，有事從不跟您商量。即使後來搬回家，也處處躲著您。我不曾想過您會張開雙手希望我投入您的懷抱。爸爸啊！日子如能倒流，我一定會熱烈擁抱您。

　　「醫生治癒病人，天經地義，何況您這位維也納最高學府畢業的醫生！您是地方上萬能的『神』！我從來不曾想過您站在崇高地位上有多寒冷，祈禱時又有多少無奈！媽媽、姐姐死後，您為這個家繼續

接吻，1897 年，油彩、畫布，99 × 80.5cm，挪威奧斯陸市立孟克美術館藏。

挺立了三十年。爸爸，我向來都告
訴自己您不會倒，相談的時間有的
是，爸爸，對不起……

「安息吧，爸爸！我會常來看
您的。」

卡拉克洛的冬天，1912 年，油彩、畫布，131.5×131cm，挪威奧斯陸市立孟克美術
館藏。

吶　喊

　　每次到巴黎，我都會去默拉德夫婦家小住，他們夫婦倆酷愛藝術，家中整天高朋滿座。在這兒我認識了高爾斯登、高更及羅特列克的人或作品，對我大有助益。

吸血鬼，1893～1894 年，油彩、畫布，91×109cm，挪威奧斯陸市立孟克美術館藏。

　　高爾斯登說世界上很多事情都捉摸不定，冥冥中有一股力量在操縱每個人的命運，所以要用「象徵」的手法展現藝術，才可以留給讀者寬廣的想像空間。我深有同感。因此畫了〈吸血鬼〉、〈在女面具下方的自畫像〉表示女性的深藏不露，以及我對她們敬而遠之的心情。

在女面具下方的自畫像，1892 年，油彩、木板，69×43.5cm，挪威奧斯陸市立孟克美術館藏。

　　默拉德夫婦是高更的好朋友，他們把高更的畫稿借給我，我把這些記述心路歷程的稿件與原畫比照研究，發現高更在構圖上下了很多工夫，尤其在圖案、線條、律動、對比各方面用心良苦，但他最後用濃烈的顏色大塊平塗，簡化了一切，只讓人覺得他的畫神祕粗獷，沒有匠人雕琢之氣。這段時期我創作了〈吶喊〉與〈病房中的死亡〉，都深受他的影響。

　　如何讓作品與人分享？木刻與銅版印刷都可以普及大眾。但照相機發明以後，再沒有人下功夫研究它們。高更嘗試過，可惜畫面尺寸太小。

　　默拉德夫婦介紹羅特列克時，他們對我說：「他十四歲的時候，發生兩次意外，傷到左右腿，從此下半身停止發育。」

　　羅特列克看完我的作品、聽完我的身世及目前遇到的困難，微微一笑，把我帶到一家歌劇院門口問道：「這張海報夠不夠大？」我興奮極了，他又立刻帶我去劇院地下室，讓我看印刷海報的機器。

　　經由他的指點，我把技巧翻新，用油彩、水彩、粉彩、鉛筆、蠟筆各種顏料混合使用，印刷在紙板、木板、帆布上，看它們產生不同的效果，再加以改進。

吶喊，1893 年，蛋彩、粉彩、厚紙，91 × 73.5cm，挪威奧斯陸國家畫廊藏。

波浪間的情人，1896 年，
石版畫，32.3 × 43cm，挪
威奧斯陸市立孟克美術
館藏。

林德博士的四個小孩，
1903 年，油彩、畫布，144
× 199.5cm，挪威呂北克
藝術文化歷史博物館藏。

太陽，1914～1915 年，油彩、畫布，452×788cm，挪威奧斯陸大學禮堂壁畫。

　　經過長年不斷的練習，我終於得到了回應，為同鄉劇作家易卜生設計劇場、好友的書畫插圖、奧斯陸大學與市政府畫壁畫，個展、聯展，各國寄來的邀請信、金錢、名譽、獎章、頭銜更是堆砌而來。最後，他們稱我為「表現主義之父」，我惶恐了。

　　「如果沒有少年時期家人的疼愛與犧牲，我的靈感從何而來？如果沒有上帝的垂憐，讓我遇到這樣多良師益友，我的技巧如何成熟？如果不是全身流著挪威人不屈不撓的血液，讓我有勇氣跌倒又爬起，我怎麼會有今天？」

回　家

自畫像（在雅柯普遜醫院中），1909 年，油彩、畫布，100×110cm，挪威卑爾根勞姆斯·埃梅收藏館藏。

啊！回家真好！八十歲的生日都過完了，實在不宜再奔奔波波，畢竟歲月不饒人啊！

每次出門，我都心繫這個畫室。躺在床上，閉起眼睛都能看到峽灣與山坡。山坡上無邊無盡的林木，峽灣連天，顏色萬變。

環顧畫室裡面，雖說簡陋，卻正是我所希望的：木床睡覺，破籐椅可以拎來拎去看畫方便。說出來好笑，有人說要送我沙發，我說那玩意兒，一坐便陷下去，靈感都不見了。三、四十年來，我把畫稿、書稿、打油詩，什麼小紙片、廁所紙上亂記亂寫的東西，通通留起來，好像不知垃圾筒是何物？書桌、書架上的東西堆得太多，都擠到地下了。哈哈！早該整理的，現在老囉，爬都爬不起來了。唉，算了。

這滿牆的畫就是我的日記。賣了，送走了，我就再畫一張補進去，隨時看隨時會有新靈感。不像有些畫家，需要掛名畫來引發靈感。

我已經把錢都捐出去，鼓勵那些想學畫的年輕人；這些畫也講好全部捐給市政府，一組一組該怎麼掛，也都已經安排妥當。

唉，好冷啊！姐姐、媽媽、爸爸，我們又可以團圓了。

星月交輝之夜，1923～1924 年，油彩、畫布，120.5×100cm，挪威奧斯陸市立孟克美術館藏。

孟克 小檔案

1863 年　12 月 12 日，出生於挪威的一個小鄉村。

1868 年　媽媽因結核病去世。

1877 年　姐姐蘇菲也因結核病去世，年僅 15 歲。

1879 年　進入奧斯陸一所工程學校就讀。

1881 年　轉入奧斯陸皇家美術工業學校就讀。

1882 年　和 6 位朋友組織畫會，請克羅格來指導。

1889 年　留學法國巴黎。12 月，爸爸去世，受到很大的打擊。

1892 年　加入德國的「小黑豬」俱樂部。

1894 年　開始製作版畫。

1906 年　為作家易卜生設計劇場。

1914 年　完成奧斯陸大學禮堂壁畫。

1928 年　創作奧斯陸市政府大廳壁畫。

1936 年　創作奧斯陸市政府會議廳壁畫。

1944 年　1 月 23 日逝於畫室。將作品全部捐給奧斯陸市政府。

藝術的風華
文字的靈動

2002年兒童及少年讀物類金鼎獎

第四屆人文類小太陽獎

行政院新聞局第十七、十九次推介中小學生優良課外讀物

文建會「好書大家讀」活動1998、2001年推薦

《石頭裡的巨人——米開蘭基羅傳奇》、《愛跳舞的方格子——蒙德里安的新造型》

榮獲1998年「好書大家讀」年度最佳少年兒童讀物獎

《拿著畫筆當鋤頭——農民畫家米勒》、《畫家與芭蕾舞——粉彩大師狄嘉》

榮獲2001年「好書大家讀」年度最佳少年兒童讀物獎

兒童文學叢書
藝術家系列

～帶領孩子親近二十位藝術巨匠的心靈點滴～

喬 托	達文西	米開蘭基羅	拉斐爾
拉突爾	林布蘭	維梅爾	米 勒
狄 嘉	塞 尚	羅 丹	莫 內
盧 梭	高 更	梵 谷	
孟 克	羅特列克	康丁斯基	
蒙德里安	克 利		

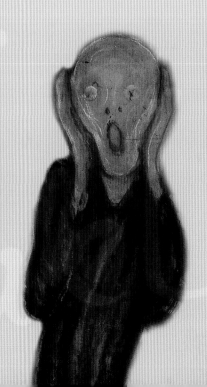

小太陽獎得獎評語

三民書局《兒童文學叢書・藝術家系列》，用說故事的兒童文學手法來介紹十位西洋名畫家，故事撰寫生動，饒富兒趣，筆觸情感流動，插圖及美編用心，整體感覺令人賞心悅目。一系列的書名深具創意，讓孩子們一面在欣賞藝術之美，同時也能領略文字的靈動。